南城以北

李昕 著

哈尔滨出版社
HARBIN PUBLISHING HOUSE

图书在版编目（CIP）数据

南城以北 / 李昕著． -- 哈尔滨 ： 哈尔滨出版社，2024.3
　ISBN 978-7-5484-7783-9

Ⅰ．①南… Ⅱ．①李… Ⅲ．①诗集－中国－当代 Ⅳ．① I227

中国国家版本馆CIP数据核字（2024）第061386号

书　　名：**南 城 以 北**
　　　　　NANCHENG YIBEI

作　　者：李　昕　著
责任编辑：韩伟锋
封面设计：树上微出版

出版发行：哈尔滨出版社（Harbin Publishing House）
社　　址：哈尔滨市香坊区泰山路82-9号　　邮编：150090
经　　销：全国新华书店
印　　刷：湖北金港彩印有限公司
网　　址：www.hrbcbs.com
E-mail：hrbcbs@yeah.net
编辑版权热线：（0451）87900271　87900272
销售热线：（0451）87900202　87900203

开　本：880mm×1230mm　1/32　印张：4　字数：70千字
版　次：2024年3月第1版
印　次：2024年3月第1次印刷
书　号：ISBN 978-7-5484-7783-9
定　价：58.00元

凡购本社图书发现印装错误，请与本社印制部联系调换。
服务热线：（0451）87900279

李 昕

笔名李半斤、秝秝。
穿青人，籍贯贵州纳雍。
诗人，原创音乐人。

本我、自我、超我
——从一场诗旅中探寻"心之三象"

宁静

在文学史千年的洪流中，人文理想作为文人表现的主体，使得文学史向前的推演过程充满了感性冲动与理性思辨。当一个至真至纯的诗人进入了人们的视野，他的才华、他所处的时代、他命运的经历和大时代所裹挟的秩序，便为旁人提供了观察角度。无数人渴望在文学史上留名，想让自己的声望在时间中不朽，但最终得不到时间的馈赠，被生活的沉沙掩埋，销声匿迹。众多诗人可能因为多种客观原因受到来自所处时代、个人经历的影响，难以真正地"抒性灵"，但阅读青年诗人李昕的《南城以北》这本诗集，与其说是发现了闪光点，不如说是真切体验到了诗人放置在生活中的"锚点"，这些"锚点"，可能是对客观现实的还原，也可能是构筑的一个"诗化生活"的人生理想。在大胆和创新之余，虽然诗歌的基调仍然是稳定与简洁、精致与严谨，但诗人将生活场景转换为理想化的场景，这一过程体现了诗人深厚的语言运用功力，也彰显出了诗人追求"生活真味"

的审美特征。

在这本诗集中,诗人李昕就像是一位引路人,以他的文字为召唤,引领着读者踏入这场深邃的精神之旅。每一首诗都宛如一块心灵的碎片,它们被巧妙地融合汇聚,最终构成了一幅关于人性、社会和情感的抽象画卷。一字一句皆自成一个独立的心灵宇宙,这些碎片化的表达形式仿佛是在呈现一个个生活的瞬间,诗人以他独特的审美品位,通过文字勾勒出一种超越表象的精神蓝本。而这部诗集也以自身的真实突破了桎梏,尝试开辟一条情感输出的新路。在这场精神之旅中,他也为读者提供了一种独特的导览。

本我——一切回溯,从原点重新出发。

文章憎命达,好诗人须经三重历练,一曰天赋,二曰汗水,三曰人生厚度。李昕,洒洒落落从贵州高原诗乡——纳雍走出,经那山那水哺育过的心灵,自然不会被灯红酒绿抚净一身风尘,在溪边静默自观过的双眸,在尖叫与呐喊里反而更加清醒,于是他就一点点丰盈起来。

歌者以歌,诗者以诗。"诗言志,歌永言,声依永,律和声",在古代,诗与音乐不分家,文学与音乐紧密融合在一起,而原创音乐人,民谣歌手的多重身份也让李昕惯于韵律的表达,他将音乐的美感与诗歌的表现力结合在一起，使之自有一种超凡脱俗的独特气质，自此诗如流水于他的笔尖倾泻而出，与他的民谣一同相伴相生。

　　游子没有不说故乡的，或爱或怨，抑或感情交织，自己也莫可名状，总之那块不大不小的地方，月都比他方明。李昕在这本诗集里常提到他的故乡，不难看出，对于他而言，那其中蕴含的隐藏记忆与驱力，在他的"本我"中占据了重要的地位，仿佛是心灵的原始冲动和本能，不会随着时间改变而改变，也不会随着世事推移而推移。

　　故乡是李昕情感的根源，是他生活、成长的地方。对于故乡的追思毫不费力就能唤起他深厚的情感连接，这种情感连接为他的诗注入了真挚和深沉的内核，使其作品更具张力和温度。在诗中，诗人将笔触投射到故乡的一草一木，一山一水，不断找寻，不断漫溯，诗人的情感也层层叠叠变得浓厚。诗人在晨钟暮鼓中书写着时间，在水月镜花中辨别着真实与虚幻，诗人以此类型的众多意象构成引人入胜的意境来表现想要表现的情感，最终形成具有强烈的浪漫主义精神的、真实表达自我思想和情感的诗歌，真实呼应了当下诗歌创作推崇的"表现真情与真我"的理念。与其说诗人更多表现的是一种"真实感"，不如说是一种在意境基础上，对情感的"感同身受"。

可以说，纳雍那方承载了个体和文化记忆的土地是李昕身份认同的一部分，通过写乡愁，写故乡，写回不去的远方，李昕用他的诗歌和民谣表达了个体在大地之间的存在感和独特性。

故乡往往被视为身心的栖息地，是一个可以让人感到安宁和真实的地方。无论自身所处什么环境，李昕在诗中如愿以偿地找到了一片情感上的栖息地，能够在其中寻求安慰和灵感。他的故乡是对过去时光的回顾和怀念，借助诗化的语言将过去的记忆重新呈现，探讨时间的流逝和生命的变迁，让诗有了别样的温暖和深度。

乡愁如一股强烈的潮流，将李昕的心灵深深牵引回过去。"异乡入梦"就如同一扇通往故乡的神秘之门，在梦的世界里，诗人找到了一种独特而唯一的表达方式。或许正是在异乡的梦中，诗人才能真实而深刻地表达内在情感，找到一个超越物理距离的沟通媒介。这无疑反映了"本我"中对于情感表达的渴望，对于寻找一种更为真实、更为深刻表达的愿望，将内心的情感化为梦境中的诗篇，成为心灵的寄托和诗意的释放。他通过象征和隐喻，深化诗歌层次，"月色"和"清风"，如两位默契的使者，诗人撕下一片月色，用清风书写，他试图通过诗歌这独特的艺术媒介，将内在情感凝固为清新而美好的自然元素。故园满地落叶，每片叶子都承载着岁月的沉淀，如心头的思念一般飘落，李昕以巧妙的方式将内心情感与自然元素融为一体，使得诗歌更具表现力。

"本我"中包含的情感和欲望是人们共通的经验，能够使读者更容易与诗歌中的情感产生连接。而共鸣则是在李昕的创作中极具力量的元素之一。他的诗歌与民谣都能引发大家心中最为柔软的情思。通过对自身经历、回忆或生活片段的描绘，表达自己的爱情、挣扎或成长，更加深刻地触及读者深层次的感受，以此塑造出属于他自己的独特而个性化的艺术风格。这也有助于他进一步地探索自己的内心世界，审视本我，更好地了解自己的欲望、恐惧和矛盾，进而通过诗歌来表达这些复杂的内在体验，这对他而言未尝不是一种情感的宣泄和疗愈过程，对于读者来说，亦如此。

自我——打破与重塑，在挣扎中寻求自洽。

李昕的诗歌常常显露出"矛盾"这一意向或情感，他仿佛在一条泥泞的路上，奋力追寻着"自我"的踪迹，不畏跌跌撞撞，一刻也不停息。这种矛盾的情感反映了他内心的纷繁复杂，或许是在追求自我认知和真实性的过程中，他尝尽了生活的曲折和无常，这种追求和挣扎使得他的诗歌充满了深刻的人生体验，让读者在其中感受到一种深沉而复杂的情愫。

对于一首诗歌来说，从"情感"进行解读才是正确的诗歌解读方式。诗人在诗歌写作之时，将民谣带入自己的世界。在所有艺术形式里，诗与民谣具有十分相似的特质。在文学领域，诗字数最少，篇幅简短，却又最具深意。在音乐领域，民谣无论在技巧上还是配器上往往追求简单自然，而它的深度在于其淳朴珍贵的语言特质和冷静内敛的哲思。如他在原创民谣《给你》中所写："给你，流星的方向；给你，四季的芬芳。给你，夜晚的宁静；给你，清晨的太阳。我给你，流光溢彩的梦想；我给你，浪迹天涯的疯狂。我给你，薄雾浓云的惆怅；我给你，颠沛流离的浪荡。我要给你，芳华绝世的霓裳；我要给你，纤尘不染的阳光。我要给你，雨踪云迹的思量；我要给你，我的心脏。"剥离质朴的曲调，这就是一首清澈的诗歌，毫不矫柔造作而极富感染力，纯粹的爱情直击心底，令人过耳不忘。引发的是自己难已忘怀的动情记忆和内心嘀嗒走过的声音。

对于李昕来说，他先是一位诗人，再是一位民谣歌者，他的诗歌和民谣是对无以言说的东西发起的突然袭击。他赋予人们积极治愈的力量，这种力量随着生活潜滋暗长，是温柔的，也是倔强的，仿佛风乍起，吹皱一池春水，带来一阵阵的涟漪。它们关乎理想、爱情、自由，关乎触手可及的美好与现实，也关乎遥不可及的远方。它们曾在某一个场景中、某一个时间里打动过我们，在遥远的日子安慰了我们的时光，陪着我们一起拥抱月亮入睡。

李昕的诗歌摒弃了干涩单调的咏唱或赞美，诚挚地、发自内心地写下自己的真情实感。"自我"于他而言如同一座桥梁，将"本我"那些原始的、冲动的欲望与"超我"那些道德的、规范的期许连接在一起。这座桥梁承载着个体内心的种种矛盾，连接着本能的冲动与社会道德的束缚。而诗人李昕似乎在不断地探寻和平衡这两者之间的关系。通过诗歌的表达，李昕展示了在这座"自我"桥梁上的徘徊、探索和领悟。这种心灵的探索不仅是对个体情感的宣泄，更是对人性、存在和社会的深刻思考。他的诗歌或许是一次内心的对话，也是与读者分享关于人生、爱情、自由等主题的沉思，达到一种在矛盾中获得平衡的境界，进而实现对生活更为深刻的领悟。

李昕始终尝试在理性与感性、欲望与克制之间找到一个合适的位置，以此在生命的律动中尽兴舞蹈，在这诗意的舞台上，他既是主角又是编剧，是情感的舵手，也是理性的守望者。通过"自我"，李昕得以深刻地探究那些谜底深奥、困扰世人的问题，用文字与音符将内在的思考、矛盾和探索转化为抒情的艺术。在这个过程中，"自我"的表达也成为他与读者共鸣的桥梁。

超我——比旁人更疼痛，比旁人更清醒。

李昕以最细腻的笔触、入世而又出世的态度，到达常人无法企及之高度。在他的诗歌中，在他的民谣中，现实与幻想、冷硬与柔软、理性与感性交织杂糅，形成了一个独特的艺术世界。他用一支笔、一把琴将自己走过的路、经历的事、遇见的人娓娓道来，每一个文字和音符都是对情感的描绘、对梦想的歌颂、对人生的旁观，从而达到了"超我"的境界。

《巫山云雨》中"午夜，流浪的家雀回不去宿命"描绘了午夜时分流浪的家雀，暗示了一种宿命的离散和无法回归的命运。反映他对于人生轨迹和命运的反思，以及对于人生选择的评判。"逃亡路途，一些人拼命离去，一些人拼命挤入"揭示了人们在面对困境或现实时的两种不同的选择，引发关于个体道德选择的思考。

在李昕的作品中，细腻的描写让读者仿佛能够亲临其境，感受到文字中蕴含的情感起伏。他的入世与出世相结合，使得作品不仅是对个体经历的记录，更是对人性、爱情和生活的深刻思考。通过将现实和梦幻巧妙融合，他创造出一个独特的文学空间，引导读者超越表面的冷硬和现实，深入感性的世界。这样的创作不仅是一种文学技巧的展示，更是对于艺术与生命的深度体验。他的文字如同一场奇妙的旅程，将读者引领到一种超越个体经验的思想领域。在这个境界中，他超越了个人的局限，达到了更为宽广的"超我"状态。

在弗洛伊德的心理结构理论中，"超我"代表个体内化的道德和文化规范，是内在的道德船长，对应于个体在成长过程中所接受的社会价值观念。在李昕的笔下，不难看出个体对社会文化价值的反思，接受或反抗，挣脱或束缚，他犀利地探讨传统与现实对于人格的塑造和影响，他敏锐地思考并赋予了诗歌更为丰富的内涵和深度，达到深入探讨人性的目的，将个体与社会、伦理与美学之间交织的复杂网络完美建构起来。

诗人通过对真实生活和情感的描绘，最终呈现为笔下的诗歌，耳畔的民谣，他用笔和琴在生活的"海洋"中找到了让人心落到实处的锚点。在动情的描绘中，生活与自然、现实、梦境并不是对立的，当下的生活是情感的"培养皿"，是自然、梦境、幻象的坚实依托。在这一前提下，我们不再担心诗歌会成为虚无、无病呻吟的表达，从真实心灵、真实生活、真实情感中生长出来的诗歌，必然会成为读者心目中真正的情感、人生的记录，从而发挥出相当的积极意义。读罢掩卷，我们至少可以确定，读者在这部诗集当中可以找到生活之本，在生活中同样可以找到诗歌的具象，这个确定的锚点投入到海洋中，在我们心中激起的波澜，是入微的，也是壮阔的。

可以说，有了诗歌和民谣，李昕就有了铠甲，也有了软肋，这二者就像空气和水已经深深融入他的骨血中。李昕在自己的诗歌和民谣里将自己生养了一遍，他赋予自己以哲人的伟大、深刻、痛苦、纯净。理想仓皇如梦，他用自己挚爱的诗歌和民谣让梦想生出翅膀，直抵灵魂深处，直面喧嚣且困惑的尘世，他超然的心境在诗歌里、在民谣里盎然绽放，如同刚刚点燃的燎原星火，生生不息面向大地。

于是他带着自己的人生烙印，永远比一般人更加疼痛，也永远比一般人更加清醒。

来自心灵深处的呐喊
——李昕诗集《南城以北》序

彭华章

在黔西北,有一个温暖的小县城名叫纳雍。曾是"纳威赫"贫困带贫困县之一,有着"去不得"这种恐惧的言论流传。而我之所以说"温暖",因它是我生长的土地,亦是诗人李昕生长的土地,更是纳雍上百位诗人、文人生长的土地。这块不怎么肥沃甚至略带贫瘠的土地,不仅盛产苞谷洋芋、高粱小麦,还盛产诗歌。谈及诗歌文化,不仅贵州诗歌文化绕不开纳雍,就全国诗歌文化而言,亦绕不开也不能绕开纳雍。这座乌蒙山腹地的小城,用苞谷洋芋及高粱小麦,滋养着一颗颗诗歌的"种子",诗人李昕就是众多诗歌"种子"中的一颗,这颗"种子"开出的花朵,也许不是最鲜艳、最耀眼的,却也是与众不同的、拥有独特内涵的。

有着原创音乐人和诗人双重身份的李昕,如果说键盘、琴弦和歌喉是李昕外在的抒情与释放,那么诗歌则是其另一种内在的沉默与呐喊;因为,诗歌的疼痛是沉默的,文字的呐喊是无声的。从《秘密》一诗中,便能感知这种无声的呐喊：踱过深巷，午后的迎宾大道／阳光从密叶一片一片滑落／尾随的风在你忧郁格子衫／排兵布阵。孤独比毕生意象狭长／落单的鸟在六月醒来。春梦谢幕／全身都是湿透的秘密。李昕诗歌的语言非常优美，使用了形象生动的描绘，如"阳光从密叶一片一片滑落""落单的鸟在六月醒来"等，这些描绘使得诗歌充满了画面感，读出诗人深深的忧郁和孤独，尤其是"全身都是湿透的秘密"，这种情感达到了高潮。诗人通过描绘自然景象来表达自己的内心，让读者能够感受到他内心的挣扎和痛苦。诗歌结构非常紧凑，每一句都有其独特意义和情感，而且相互联系。这种紧凑的结构使得诗歌更加有力量，更加能够打动读者的心灵。

李昕的诗歌布满了痛感，是一种无法用药物治愈的内伤。在《忧伤》一诗中，诗人以"想在你走失的村庄大病一场"开头，通过一个生动的想象，引出了诗人对失去的人或物深深怀念的痛感。"咳着血，一粒粒拾起你裙褶遗落的月光／在深夜用来熬药"，充满了痛苦和无奈。诗人想象自己咳着血，捡起月光来熬药，叠加了内心的痛苦和无助。"窗前菊花耷拉着身体，在你转身的黄昏／老去。我依旧独坐朝西阳台／同村庄的薄雾一起，沉默"，表达作者对时光流逝和岁月变迁的无奈和悲伤。作者通过描绘菊花的老去和自己的孤独，进一步加深了这种情感。"痛风的渡口酒醒路长，六月上火子夜／独行船只随夜色下沉，剥离／风——起——"，最后这几句诗充满对未来的迷茫和不确定。通过描绘随夜色仿若下沉的船只、风，暗示了无助和迷茫。

李昕的诗充满了深沉的情感和意象，以及对自然、生命和时间的深深感慨及思考。《山居》一诗把这种思考诠释得淋漓尽致。"琴声怨慕。有叶蹒跚在归根旅途"——琴声象征着诗人内心的情感，怨慕则表示诗人的哀怨和怀念。叶子的归根旅途则是生命的回归、轮回。"砂砾。腐土。旋涡里呐喊的石头"——这些元素都是自然界的象征，砂砾和腐土代表了生命的脆弱和消逝，而旋涡和呐喊的石头则象征着生活中的挣扎和对抗。"迷惑在不惑之年的六弦琴／始终奏不出安魂曲"——六弦琴是原创音乐人的内心世界，在历经几许后在不惑之年仍然感到迷惑。奏不出的安魂曲是诗人始终无法找到的内心平静。"与丛林对饮。蚂蚁在宿命里／卑贱又顽强地浪荡"——丛林和蚂蚁都是自然的象征。与自然的对话，卑贱、顽强、浪荡，生命的无奈和坚韧。"无数荒芜的晌午／风一动，处处皆是母亲的唤儿声"——这里的晌午代表时间的流逝，荒芜则表示生活的空虚。风一动，处处皆是母亲的唤儿声则象征着母爱的无处不在，也表达了诗人对亲情的渴求或思念。

李昕的诗布满了深深的迷茫和流浪感。"月色沉醉。迷雾散去时桃花仍未落英缤纷"——宁静而神秘的场景。月色沉醉,迷雾散去,桃花尚未凋谢,展现出一种自然与时间的交融。"三月的夜还在体温里残喘"——这是夜晚的"体温",亦是诗人的"体温",李昕明白生命与自然和谐共生的真理。因此,"芳草在将退未退的潮水/凌乱成迷。翻过的高山/探过的深谷,铁定成为远方",展现出一种自然与人生的对比。这些元素都象征着生活的起伏和变化,而"铁定成为远方"则迸发出了诗人内心的流浪感,如永无止境的流浪生活。"我们在一个迷里画下另一个迷/远行的脚步从未停歇/然而风一直吹,刮过烟火/刮过碰撞后的空虚,刮过/一切有形无形。被风撕裂的/肉体内,始终找不到一块/名叫归属的骨头"——诗人似乎在寻找一种归属,但却始终无法找到。生活里的"风"是无常和变迁的,永远没有归宿也是一种"归宿",诗人对生活的深深迷茫和无归属感的描述,就是对生命意义的思考和对归属的渴望。

　　李昕的诗歌兼容外放的张扬与内敛的沉默。作为音乐人,他是外放,是张扬的。作为诗人,他则是内敛的,是沉默的。《流浪歌手》兼容了歌者和诗人的双重角色——他已入戏,吟唱相守与背叛/戏说人间。有人提起你/吐着烟圈闲谈爱恨,山城夏夜/薄雾蹒跚而来,一只青鸟逃离岁月/他唱起故乡远方,古道长亭/歌词被烟嗓撕成碎片时,席宴微酣/遍体鳞伤的酒杯搞不清是谁先醉在午夜/就像他始终无法悟透分手的迷/恋人正在接吻，煽情的镁光灯／掉落在玫瑰花瓣，肆无忌惮／他最后唱起迷惘，不停轻唤／南方——南方——／雨后公交玻璃上红着眼睛的影子／不知将是何方。而此刻／我正在你的城市，预订一张／去往远方的票。不论是用外放的歌喉还是内敛的文字，李昕的情感表达都是一致的，而只是方式不同罢了。爱情的甜蜜和浪漫，李昕是渴望的，爱情的脆弱和易逝，李昕是知道的。诗中的"南方"是李昕未知的远方、梦想或希望，还是对远方的向往和对故乡的眷恋？诗中的"迷惘"是李昕对生活、爱情或未来的不确定和困惑，还是现实的无奈和倾诉？诗中的一对"恋人"和"玫瑰花瓣"是李昕爱情的甜美和苦涩？

我深信，在诗集《南城以北》中，是可以找到答案的。里面有李昕渴望的温暖或柔情饱满的胸怀，里面有李昕思念的故乡和流浪的北方，里面有李昕对人生的思考和生活的迷茫，更有着李昕作为一个歌者、一个诗人最真实的世界，容不得落下半粒世俗的尘埃。里面有一条清澈的河流，足以洗涤我们已经污浊或正在污浊的灵魂。

目 录

南城以北

001	六月风
002	秘密
003	暮色
004	忧伤
005	信笺
006	苏巴什河
007	龟兹故城
008	独库公路
009	诗人
010	黄昏
012	南城以北
013	琼州海峡
014	中秋
015	秋色
016	山居
017	流浪
018	逃离
019	山中

020	归途
022	博士楼
023	离奇的梦
024	亚莎
026	恰特卡尔河
027	水西老街
028	新城
029	故人
030	南方雨
031	魔法
032	归宿
034	湄南河
035	南部
036	六硐村
037	荒芜
038	长安语
040	孤独
042	水落潭
043	风筝
044	云雨
045	心事
046	流浪歌手

048　女青年

049　李四的抒情

050　问诊

051　荒城之月

052　隐喻

053　我们已想不起孤独

055　从蝴蝶想起

056　七夕，惊世围猎

057　城市梦幻

058　半梦半醒

060　父亲节

062　痛仰

063　痛乡

065　煤油灯的梦

066　祭龙舟

068　身世

069　故乡

070　桥城北望

072　再过九龙寺

073　流浪

074　命运

075　渴望

076　一场雨

077　离别

078　葬礼

079　终点

080　乡愁

081　跟斗

082　失眠

084　乡音

085　失踪的故乡

086　虔诚

087　结拜

088　失乡

089　迷茫

090　人间

091　蛰伏

093　白云山

094　黄鹤楼

095　临风而啸

096　桥城往事（组诗）

六月风

雨落下来,无波水面,荒芜身体
船工哨子已入睡。想你时月色就隐退

黄昏走失原野的羊。天空太过空旷
山鬼舞蹈,年轻坟墓便越显苍凉

落日的悲伤。下司河畔六月的风
在你寂寞裙摆肆虐,疯狂——

秘密

踱过深巷，午后的迎宾大道
阳光从密叶一片一片滑落

尾随的风在你忧郁格子衫
排兵布阵。孤独比毕生意象狭长

落单的鸟在六月醒来。春梦谢幕
全身都是湿透的秘密

暮色

不出所料,那些欲坠的云朵
一定驮满思念,在黄昏

掏出五脏六腑。赶在日落的路口
隔着红灯与你拥抱,接吻

吐着信子的蛇。华灯下刨出心底
每一粒浸染忧伤的暮色

忧伤

想在你走失的村庄大病一场
咳着血,一粒粒拾起你裙褶遗落的月光
在深夜用来熬药

窗前菊花耷拉着身体,在你转身的黄昏
老去。我依旧独坐朝西阳台
同村庄的薄雾一起,沉默

痛风的渡口酒醒路长,六月上火子夜
独行船只随夜色下沉,剥离
风——起——

信笺

滚动的云和风声,失语村庄河流
暮色自远山跛脚而来。黄昏
你沉重的来信在掌心啜泣

不敢握得太紧,南方雨季你幽怨窗扉
和易碎的心。发誓与信笺里
吃了秤砣的男人道别

此刻夕阳退去,枝头孤鸦偷走车马喧嚣
与十万火急。却总能在夜色里
准确地喊出一个女人的乳名

苏巴什河

欲盖弥彰的山野
迷茫得肆无忌惮的肉身
红柳、土地,昏睡半生的人
遇见你,时光便焦灼

十指摊开夜色。苏巴什河
无数被遗忘的黄昏
我一路后退,虔诚游荡在
风对面那扰心的沉默

雨落得倔强而萧瑟
滴答在无辜又落寞的心弦
在九月,弹琴的人
根本不理雪山的孤独

龟兹故城

在陌生街道醒来。试图
寻找一首词，或许泛黄音符
天山褪落的秋色
街道，向晚的匆匆

等一个人，在路口
肯定也是别离。时光滚滚
河流清晰的脉络，来和去
始终自由

吟一曲小调又或赞歌
单薄身世盛不住的落叶里
没人会在意，都塔尔的双弦
注定不会交错

独库公路

浠浠在岁月的人,自溢悲欢
五百六十里冰与火
一场雪轻易撕开村庄沉默

爱上一个人,所有方向都叫背井
直行,转弯。缥缈炊烟是
异乡晌午仅有的暖和

雪停黄昏,蚂蚁寻找故乡气味
向南飞雁满驮思念
一扇门锁住,马嘶车啸

诗人

姓名里写满远方
在书笺打马沙场,饱餐
梦做的午饭。年轮碾过风尘
飞鸟和月迷失家园
命运里饮马,试图
沿血管逃离

读一万卷书,走一万里路
是先人的事。为官,发财
是别人的事。只守一条深巷
藏掖一缕清风斜阳
用十指搅拌文字

有时,也想同自己下一盘棋
扮成一枚过河卒子,一刀
干掉自己

黄昏

对坐余晖。流动，停滞
每当南方又飘起细雨
岁月的纸上满是，离散

遗忘与岁月无关。时光静谧而诱惑
沉默更加沉默，悲伤世界
肉和灵不断扭曲

然后雨静静落在城市
思念漫过指尖，琴键沉沦
不识，最好也无风雨也无晴

南城以北

习惯。北方之外皆为南
在午夜失眠
只为思念一个已走远的人
北行的绿皮火车
谜一样的远方
未知终点——

有人站在对面
被称作南的北方之外
雪和雨水停在枯枝关节
远方依旧远,昨日草纸
铁定写不出今天的
思念——

风过之处时光必定荒芜
火车仍旧在宿命里连夜狂奔
煮一杯酒,在雨夜痛饮
发酵的词句,轻抚六弦琴
南方——南方——

琼州海峡

对岸的对岸是对岸，于此
来和去如水，一些归途是出发
月色迷失，薄雾里人世荒芜
天还是天，天却又不是天
一场雨走在离港的路，一些船
找不到停靠码头

风起，有人与夜对峙
漂泊灵魂同孤帆遗落沧海
那些有关悲喜的离词，抖落在
二月背后。灯塔渐渐模糊
败下阵的命运，一路
风雨飘摇，岂止船身——

神明在舷梯召唤，浪至
打翻宿命的浮萍，声音在骨缝摇晃
聊到身世，有人畅想晨曦
远处灯火吐着信子
失语的琼州海峡，热裤小姐说
今夜不谈风月

中秋

萎靡在后山的稻谷
以丰收之名手持武器的暴徒
泛着刮骨寒光的镰

兵荒马乱里,干瘪回声
随坟墓遁入萧瑟秋凉
人世茫然,如原野荒芜
被遗忘的金黄,一如您的生日
满嘴道德仁义的人们在八月十五
争先恐后互道祝福

然而一切与月无关
又如我排兵布阵的文字
晚风掠过黄昏灌木丛
一些啃不动的骨头在呐喊声中
此起彼伏

秋色

晨醒
缺勤的钟是昨日黄昏迷途的鼓
时光停滞,虫鸟不再奔走

一些枯枝在去年雪里续不愿醒来的梦
比故乡更远的是路
蜿蜒。荒芜

雾起瞳孔,尘事便随溪流逐渐模糊
远山干瘪。雨后
一声咳嗽,点燃满山秋色

山居

琴声怨慕。有叶蹒跚在归根旅途
砂砾。腐土。旋涡里呐喊的石头

迷惑在不惑之年的六弦琴
始终奏不出安魂曲。盘坐

与丛林对饮。蚂蚁在宿命里
卑贱又顽强地浪荡。无数荒芜的晌午
风一动,处处皆是母亲的唤儿声

流浪

山中无年月。荒废的城市
蹚在女人河的绝径。被挥霍的时光
在人间战战兢兢。无关的云
于天黑之前仓促逃离

柴火煮酒。对错,得失,尊卑
摇着尾巴在生活体内跃跃
独处黄昏不敢仰望天空

落霞一炸开,故土便
四处流浪

逃离

举目。衔挂天际朵朵都是
饱餐世俗的泪珠
初秋欲落雨的傍晚
思念一个人如一片走失的云

晚风徐来,流淌——
一些鸟流浪在舛途
等一个人如等蹒跚夜幕
梦里梦不到的梦

雨至。城市逐渐模糊
被挟持的路灯外无法回头
灵魂出。一架飞机
正飞向远方

山中

月光倾泻,满镶钻玉的河
云枕着黑梦睡去
流水轮回,被流放时光之外
失声的山雀,彩蝶,无名花
六弦琴在岁月里腐烂
只是那夜的风还是风
月还是月

篝火在晕眩里翩翩
唱不出安魂曲的蛐蛐和夜对坐
手里的信笺摇曳。那年
一场突来的告别
你扯碎一片云的未来
山风过处,尽是
你的影子和无边月色

归途

雾散，晓明
一些云戳破肉身。红尘边缘
稻草人在风里满心空空。有人说：
"你我山前没相见，山后也别相逢"
谁记得盘古罪恶一斧
自此日月不得重逢

如这薄凉清晨，如
这枯黄杂草丛生，如你
说过：若非阳光灿烂
定是雨雾云烟

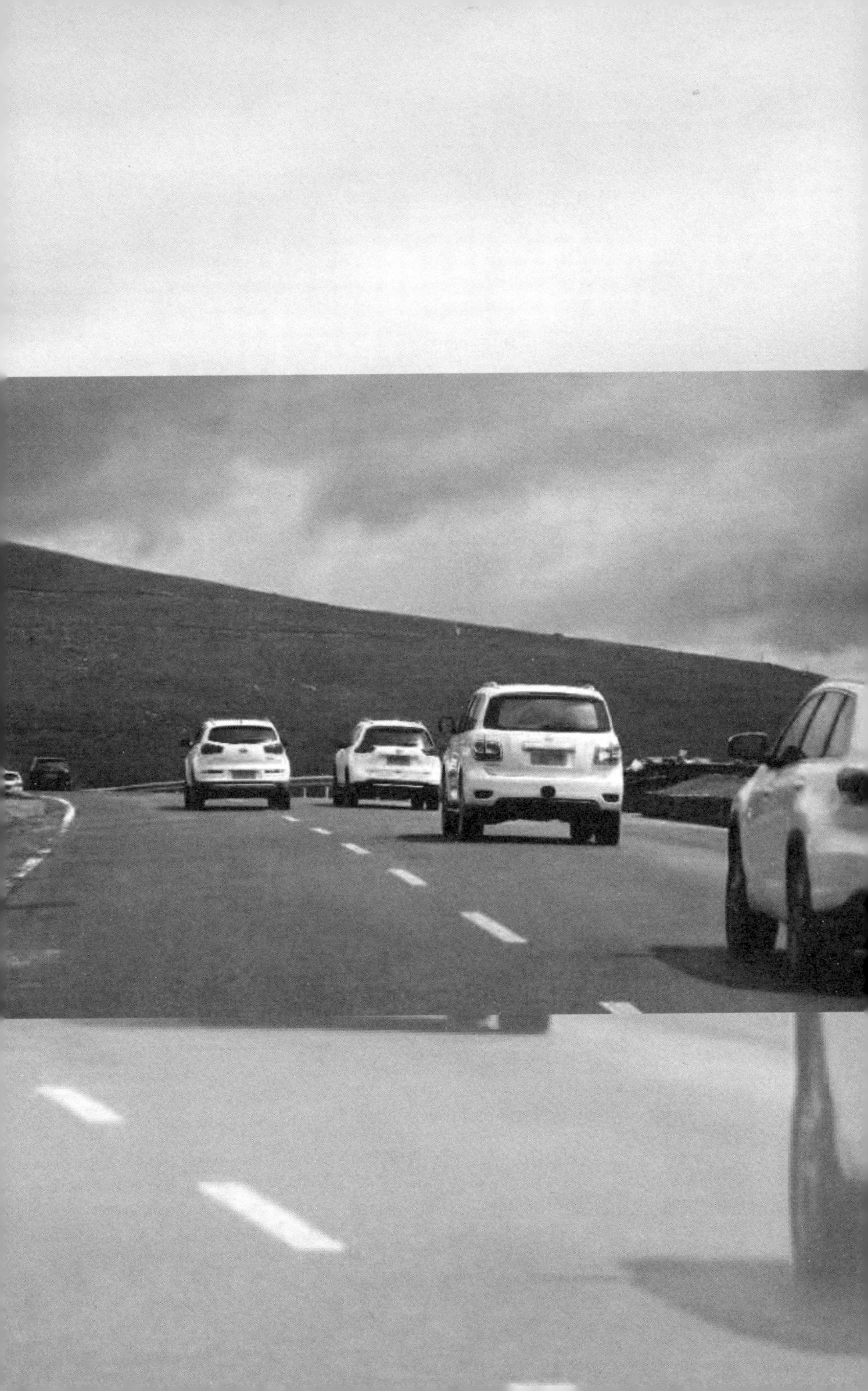

博士楼

在九号楼朝西阳台
为你唱一曲《卡萨布兰卡》
平静的黄昏,夕阳缓缓流淌
行人匆忙穿梭在秋的阴影
一些狗舔着嘴蹲在
青春门外

男人就该开奔驰
娶漂亮而多才的女人。只是
我从未对你说起
发光的草原和来不及道别的夜
此刻,你正遥望远山
来不及将心事隐匿

其实我只想为你唱一曲
秋日,卡萨布兰卡那心碎的人
你越过的所有高山
风景尽头,有一首歌和
歌唱的男人

离奇的梦

晚风渐远
沉寂的乡村,一条狗
刺梨花袒露粉红时
我们相拥

黄昏的原野
鸦声在浮云里颤抖
一段情话
山月般平静而又起伏

你彷徨的侧影
那些颜色沉重,撕裂的
衣服

亚莎

亚莎,阳光正在阳台爬行
窗棂昏睡,你是我读不透的书籍
于词句里贪婪吸吮你丰腴身体
你总说要我在秋天娶你
可是亚莎,正如你所担心
我怕时光盛不下太多悲喜
一场雨轻易撕裂长吻

远方远得像你深邃眼睛
忧伤的青春缥缈着未知旅程
我常在深夜点燃孤灯
为你种植寂寞诗句
可是亚莎,我干涸的画笔始终
描不出你轻抿的红唇
在琴键反复输入密码
终未打开锁住时空的铁门

可是亚莎

难道只有互融才能分解爱情？

我把音符堆叠在骨头里

却抑制不住外迸的涟漪

可是亚莎

塔什干的午后，此刻

阳光正在我的阳台爬行

窗棂昏睡——

恰特卡尔河

恰特卡尔东来的风太烈
刮骨钢刀始终靡靡
冷月正在星群深处淬火
你灯光外溢的窗台
比远山沉默
这座无雨荒城
我多年来不曾被爱滋润的心
可是亚莎,你今夜的泪水
大雨滂沱

亡灵依旧匆匆,可是亚莎
奇尔奇克河畔,我沿
丝绸之路重返你心
雾越往上灵魂就越低沉
被困宿命的颠沛,迷失在
河西走廊的黑鸟西出阳关后
任凭凌厉的风在骨头里
不停炸裂,不停——

水西老街

每个花苞都是一个梦
有关经年思量过的未来
停滞在三月某个低温
等一个人,如等一次花期

老街历经改造越显渐老
有旧影掠过侥幸遗存的故地标
忘记一个人如戒酒,时间说:
活着,就是一场宿醉

有人歌唱,扑朔迷离
唱杜鹃花城三月的孤独
唱一些欲诉还休的似有还无

新城

夜风中等一个或一群人
菜肴中挑一份最爱且吃掉
三月的莲城大道落雨前
幻想和别离同样潇洒地重逢

喝一杯高度酒无须迟疑
正如那罹患糖尿病的躯壳
摄入高糖时无与伦比的快活
就像,褪去内衣时颤抖的愉悦

于是时光在静止后被雕刻
有人坐下来相互打量
有人于失去后哀歌
而我,在讲一个故事

故人

在深夜推杯换盏
和夜对坐的精灵随风掠过
记住和遗忘的年华同样滚烫
无非动静,无非停逝

雨点蹒跚而来
寻不见尽头的不止时光
飞驰而过的发动机迎风长叹
闲谈着陇西又或黄鹤楼

有人在时光彼岸对峙
博弈的岂止前世与今生
喝下的,岂止烈酒
喝下的,何止忧愁

南方雨

此刻,你所不能拒绝的
正是我历经的修行
三月的风凛冽,桃蕾仍于午夜
悄然打开花心的深幽

天气预报播报南方有雨时
一万只虫子正在体温里苏醒

急促呼吸,迫切蠕动
然而,夜色一定是帮凶
放任沸腾的血
窥探你尘封已久的秘密

魔法

时光凝固边缘,水满秋池
我们在身体的局里徘徊
灵与肉一度好战

生命的钥匙打开魔法之门
灵魂被点燃一刹,发烧的夜风
动情呻吟

通幽曲径有人忘记来路
宿命里,总有一刻你要的刚好能给
总有一瞬,水与火恰好互容

归宿

月色沉醉。迷雾散去时桃花
仍未落英缤纷
三月的夜还在体温里残喘

芳草在将退未退的潮水里
凌乱成迷。翻过的高山
探过的深谷,铁定成为远方

我们在一个谜里画下另一个谜
远行的脚步从未停歇
然而风一直吹,刮过烟火

刮过碰撞后的空虚,刮过
一切有形无形。被风撕裂的
肉体内,始终找不到一块
名叫归属的骨头

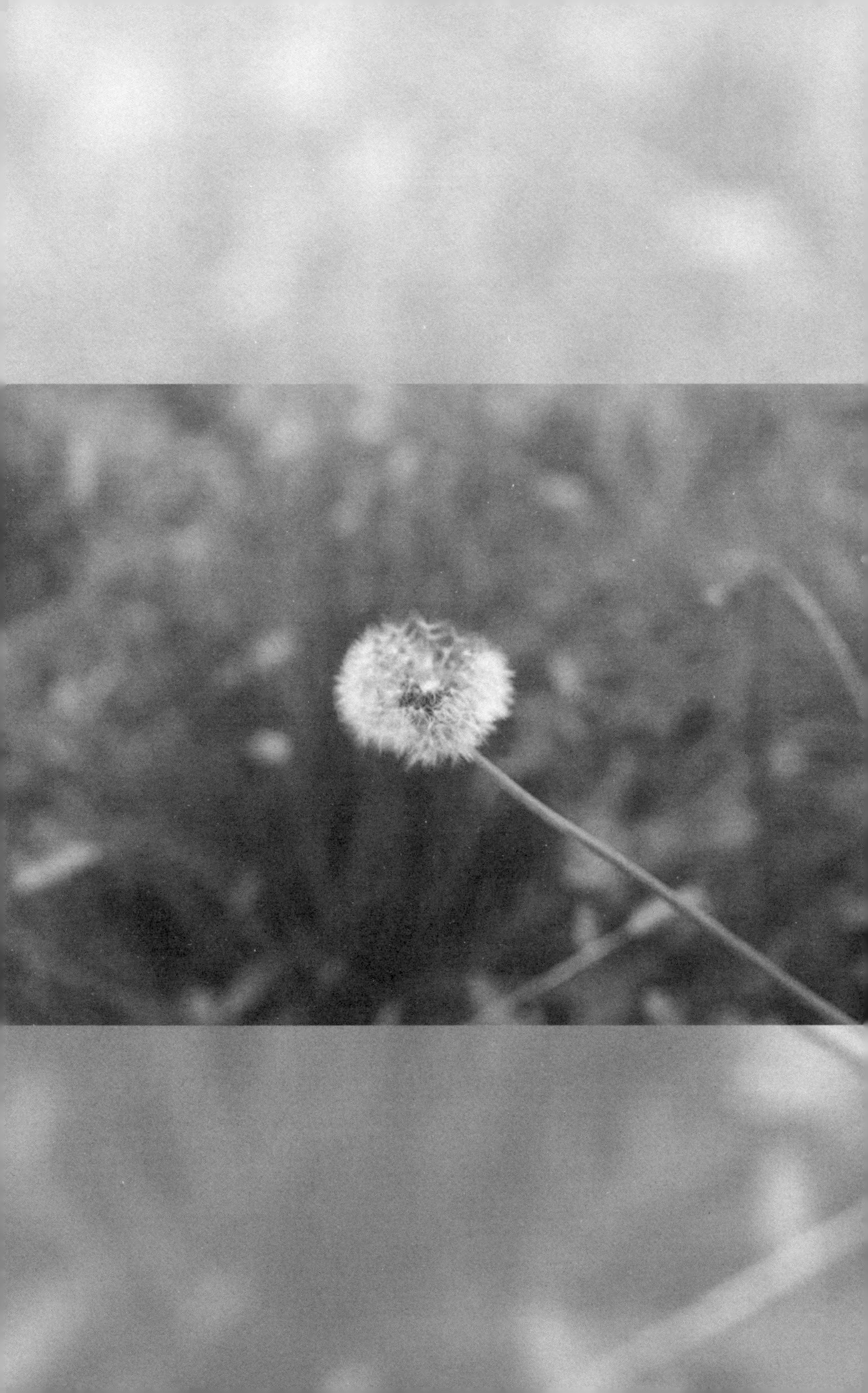

湄南河

三月黄昏,亚莎
被流放铁轨尽头,我是
穿越城市上空的风
火车逆光而动
生命越轻,土地就越显沉重

可是亚莎
那些迷途的云抑制着泪腺
疯狂滚动,车窗上
红着眼的身影,一回头
薄雾便点燃满城烟火

南部

风一起尘土便四处逃窜
湄南河畔你笑容逐渐黯然
战争——沙尘——
比荒原腐朽遥远的爱情
雨点滑落,在南方更南处

深夜酒馆
你饮最后一口宿命之愁

轻转酒杯
你说最爱南国雨伞树
可是亚莎,凌乱在风情的
何止这弥漫唇角的烟雾

你看那些,结不出果的植物
你那看没有归宿的风
你看,北去航班正在残月里
等待日出——

六硐村

夕阳落在六硐村时
落单狗子夹着尾在路口徘徊
粼粼河水延绵的心事
雨水，黄昏，牛哞，逐一流出

思念时身影比村庄还瘦
身边人比永远更远。冷风掠过
对岸无所适从的山色
比狗子更加彷徨——

荒芜

我们讨论善恶。微醺灯座
在阵风里抖落,栅栏深处屋舍蜷卷
命运曲折的小道藏不住烟火

月色于黑暗渐行渐远
寒意沿草木越爬越高
湿透的五月夜,蛙声一落
乡村便在执念里一片荒芜

长安语

荔枝,快马——
从未消停的妖红和绝骑
冬末黄昏,落雪憩于寒鸦翅羽
漫过李氏后人的尘灰,阴风
在史志里始终凌厉

款款,风华。女人从竹简走来
岁月沉重,青丝驮不住
兵荒马乱。马嵬坡下忠逆与情仇
混合扭打。一些陈旧典故
在成败里破土发芽

三百万里疆土莺歌燕语
北望故园,饮一杯血气腾腾
哀乐在米酒中滚沸。剑舞秦腔:
扶桑明月共海眠,怎抵家国
怎抵华清池旁琼塌媚眼急

酒醒。失踪的村庄背后
钢筋水泥里,再找不见马嘶狗吠
残月,枯枝,寒鸦——
一千年颠沛流离。唯余侥存姓氏
同这地名,如此紧密

孤独

常在窗口眺望,雨水和阳光
总是不期而至。晚霞盛开在树梢时
西山躲进秋衣,一些人走下公交
不知归途又或流浪。站台上
青春的影子拖得老长

墙角尘封的六弦琴
一如我久未被叩响的门
风大点儿就会同命运一起碎裂
隔壁的夫妻总是吵架,有时也动手
他们言语粗鄙地问候祖宗八代

原因无非那些与性有关的秘密
男人滥情,女人也不省油
墙外五岁孩子规律的啼哭
随着夜色动机,叠进——高潮——
窗外鱼贯的车辆和油伞,看不出悲喜

落雨的傍晚池水是陈年旧镜
喜怒哀乐缓缓现行
阳台上爬山虎疯狂生长,电视
是唯二发声体。秋风掠过窗棂躯体
隔壁哭声,渐缓——消停——

水落潭

云是流浪的无字信件
日落,一些声音蜂拥而至
掩盖事实。如笑颜下的心事
如搁浅的船只,如退守潭底的
一尾鱼——

冬青树摇着头躲进夜色
风起,六弦琴呜咽在某些情节
有人在讲故事,曲径深处烟火蹒跚
火车追着现代文明穿梭在
山河体内——

铁轨在异乡人胸膛痉挛
星稀,月色崩塌对岸
汽笛翻开多年前告别画面
安魂曲与河流在午夜
谈判——

风筝

风筝向上再向上,公园还是公园
人民还是人民。去年春风的尾巴在盘旋
一些或大或小的手,扯或明或暗的线

石桥,人海。有人在墙角
兜售往事,有人在巷末翻晒回忆
有人在宿命里做梦

风筝向上再向上,越来越遥远
你不再是你,我也不再是我
一些或大或小的手正在扯线

云雨

有鸟就有射手,无关是否惊弓
爱和被爱如密,索取和被索取
必将冠以欲望之罪

风从远方来。龟裂城市满心空空
猫嘶掠过路旁残破轮胎
午夜,流浪的家雀回不去宿命

世人错用巫山的典故
逃亡路途,一些人拼命离去
一些人拼命挤入

心事

风是落寞过客,城市
不知其心事。踏上满揣疼痛的船
长江就开始抽泣。故事无论高声沉默
回忆在潮湿空气迅速繁殖
无法回头的情节闪现

攥不住来去自由的风
他说每个思念的日子都无眠
每个没有你的地方都是荒芜
霓虹笑靥依旧,游荡人群从不在意
午夜街头,一声凄厉的猫嘶
带着整城悲伤,逃离——

流浪歌手

他已入戏,吟唱相守与背叛
戏说人间。有人提起你
吐着烟圈闲谈爱恨,山城夏夜
薄雾蹒跚而来,一只青鸟逃离岁月

他唱起故乡远方,古道长亭
歌词被烟嗓撕成碎片时,席宴微酣
遍体鳞伤的酒杯搞不清是谁先醉在午夜
就像他始终无法悟透分手的迷
恋人正在接吻,煽情的镁光灯
掉落在玫瑰花瓣,肆无忌惮

他最后唱起迷惘,不停轻唤
南方——南方——
雨后公交玻璃上红着眼睛的影子
不知将是何方。而此刻
我正在你的城市,预订一张
去往远方的票

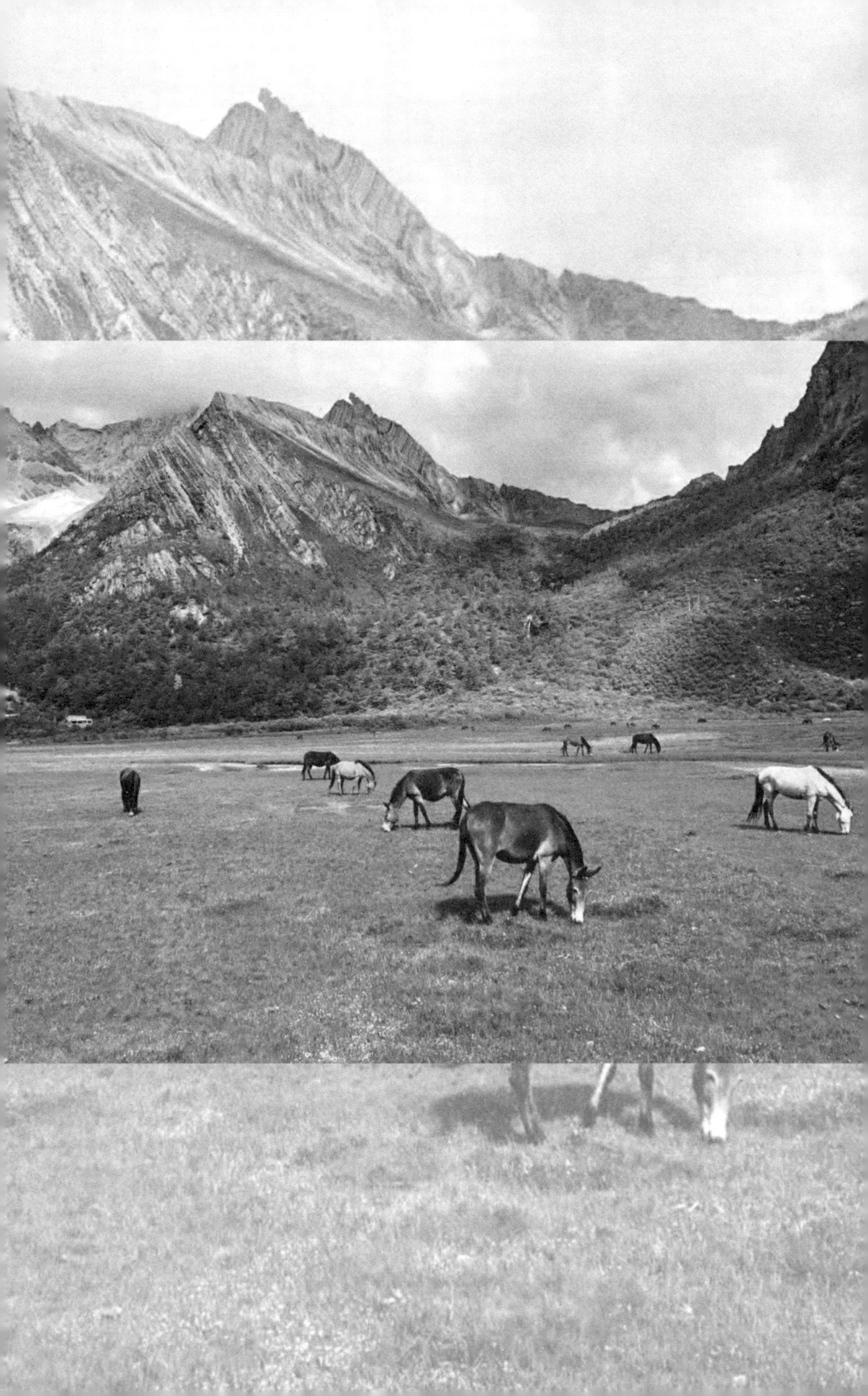

女青年

悟不透爱情,多年来踽踽独行
青春是一条不可返航的船
在深夜,她用孤独刮骨

飓风里足迹深深浅浅
摇晃人间,是虚无——缥缈——
是不可抗拒又不甘的纠缠

春梦边缘,绽开的花蕾
她用命编织一张巨网,却一度
迷失于锁不住的悲欢

李四的抒情

雨落。草木与高楼并肩生长
暮春三月别轻聊莺飞
李四临风而瞰,城市脉络尽显清晰
车马同人声打了个照面
风一起,万物活出命里

有时,李四又觉活到命内
宿醉、讨价还价、游手好闲
每片落叶都是迷茫
城中村在轮回里挣扎着要脱去帽子

辉煌大梦,食不果腹
他决定沿煤矿村的小路回归
去农村翻晒先人的梦
此时雨停,一些伞缓缓收起

问诊

有人把脉，膏肓尘世找寻生命底色
山河归位，钢刀依次剔除
贫穷、愚昧、封建、蛮荒
李四在山村醒来
丰满的丛林前凸后翘，绿色山峦
如男人雄壮

小河歌唱，庄稼相互拥吻
马匹抖动肥臀，汽车手舞足蹈
秋风在床头蠢蠢欲动

新年在积雪里冒出头来
通往城市的路。一些鸟在夜色里回归
光向后退去，鼾声中有沃野炊烟
还有，与春天有关的梦——

荒城之月

依旧荒芜。城市寸草不生
月光所至一切悲欢无处遁形
城垣翻晒着往事，回忆在地平线
渐行渐远。一些画面缓缓上升
世俗继续蚕食被蹂躏的梦

命运在渐冻空气里扯嗓大笑
有人战斗，宿命同沙尘列队
等待月光检阅。世俗染指的流年
在书页里翻滚得肆无忌惮
爱和恨炼成墨痕，有风的夜
随故事轻轻晃动

然而主演和配角同悲
解封的老剧情无论如何酣畅
荒城之月均回应以凄清。关于爱情
有人轻易放任尊严低于尘土
在逃不出的命里演绎别人的故事
低下自己的头——

隐喻

月亮挂在西山时,末班公交呼啸而过
城市怅然人如蝼蚁,在命运监牢中
搬运可怜的悲欢。人间萧然
隐藏于暗夜的无非碰撞,无非痛哭
无非无法窥得的别人的梦
月色悉数入侵

枯草萎靡失陷,月色过处秋虫哀歌
难辨的是非更加扑朔迷离。有人
演绎爱与欲的故事,有人在故事
挥霍廉价情思,有人迫不及待呈上
丰腴肉身,有人在肉身上输写密码

然而此刻,月色是最好的隐喻
如善恶、美丑,如得失、生死
如真假,如爱恨。如珍藏心底的你
如你为我熬好的毒——

我们已想不起孤独

在黄昏出发,沿月色流浪
没有鲜花、武器、惊世的歌嗓
也没有相拥而泣,一定也
看不出悲喜
得失——

在迷的世界活成另一个迷
追求的未知的永远,如来去自如
却又渴求从一而终的爱情
然而风一直在吹,一切掠夺
正被暴晒

毫不犹豫挤进红尘
掉进浮躁的铁骨,以梦为生
虫鸟眠于夜的柔乡,上路此刻
人间再无赞歌美酒。无论
携手独行,终归天涯

然而，青春尾灯一闪而过
已想不起孤独或丧失描述的
权利。呼啸而至是生活痛楚
微寒秋雨，城市午夜
依旧万家灯火——

从蝴蝶想起

想起蝴蝶,就有万水千山
飞不过的沧海与桑田
还有万紫嫣红,祝福和
不被祝福

说到祝福,就会有爱和被爱
就会有旧情绵绵,就
不如说说秋雨,说说
秋眸里那缕深寒

如果无风,泥沙、泪痕
如果秋在轮回被肢解
如果,等待的甜蜜未被咀嚼
何以蝶舞翩翩

天涯滚滚,红尘滞淹
天空沉寂如镜,如无尽
蝴蝶飞不过土丘时
命运在骨头里,左突右撞

七夕，惊世围猎

在迷失中迷失
以爱之名，引诱、围猎
女人如城池，男人立誓要做将军
相比非攻仁爱，肉体碰撞是评定战绩的
不二标准。他们常形容山盟海誓
却始终悟不透生死轮回

在沙场，有凯旋就有马革裹尸
胜利者在水漫芳草处庆功
火把，玫瑰，克城后的空虚
荷尔蒙涌向枪口刀尖，前赴后继
头破血流。冲锋号角始终召唤
前进，前进，再前进

时光不语，深沉得似得道高僧
月光掠过，现形的无非善恶
美丑，无非难以甄别的伪善
持续硝烟里青丝描上白雪
风声和战鼓依旧激烈

城市梦幻

被复制的河流,理想盘桓荒原
海水退去时光搁浅。生命沦陷
戈壁便疯狂蔓延

玫瑰花影,诗人的骨头
锁在时光边缘的城市梦幻
山河蜷卷自由必定成迷

颠沛的风是持证侠客
发动机碾着狗吠流落人间
干瘪脉络静待审判

灵魂沿路乞讨,呐喊和无知
在血液里改造。朝西阳台
秋刀鱼吞下一个秘密

半梦半醒

午夜的剑江河嘶喊
读一封陈年家书或一首诗
看故事在纸面缓缓流淌,看思念
在回忆里繁殖,看雨雾阴晴
被卑微蚕食

雨水要干掉一切。包括
已知未知,过去将来
梦里常出现的人。寂寞岁月
诗行从未杂草丛生,种爱恨
种诗人苟延残喘的梦。世俗
被吊在贞节坊

男女在梦里相守,春夏秋冬
灵魂持续在书页蠕动。一面镜
满盛多年不敢翻晒的往事
今夜,她的信笺
凌乱成迷——

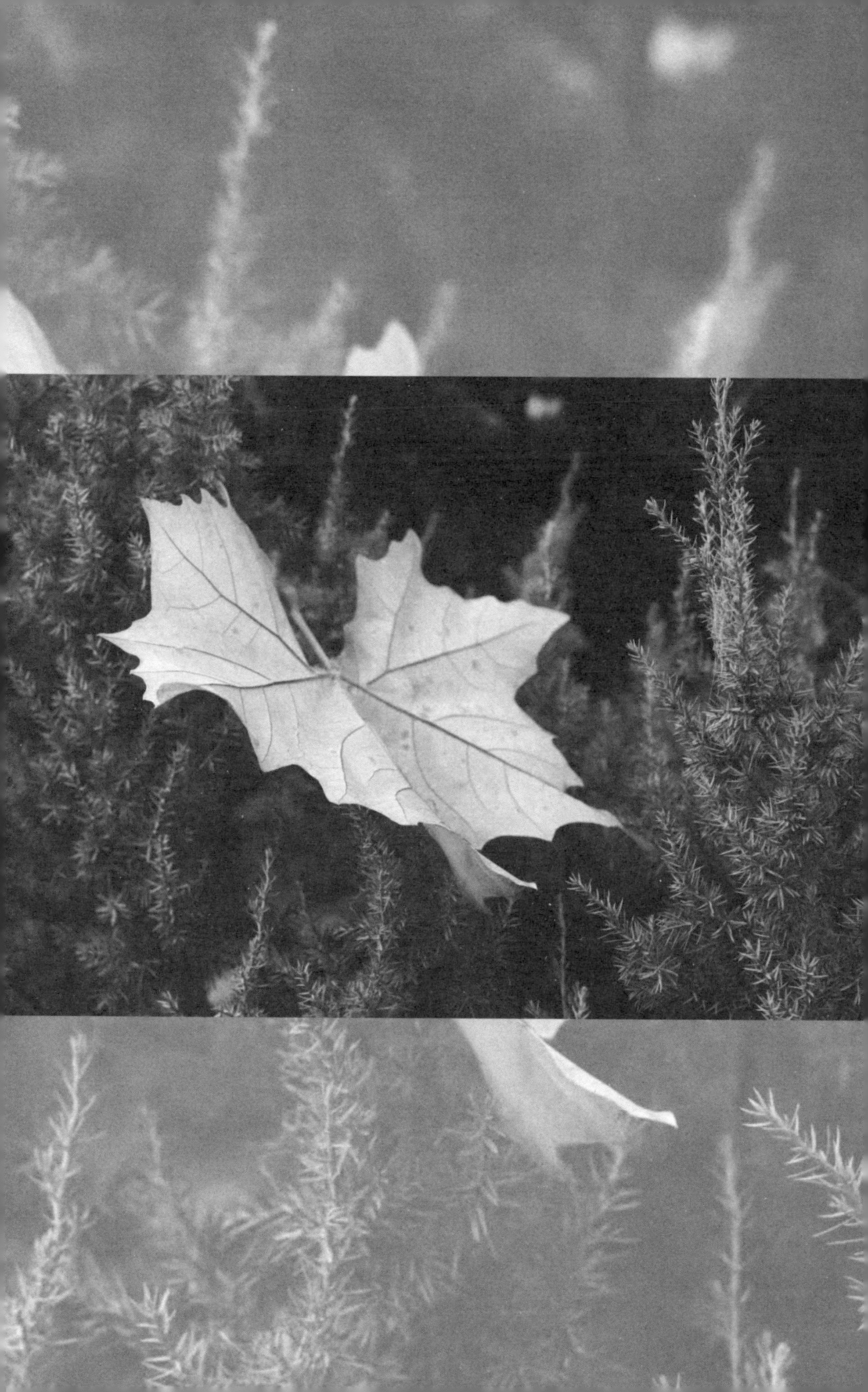

父亲节

您从不知有个专属节日
就像不知我的歉疚
梵净山下您从梦乡一闪而过
父亲,不可自谅的是
您从未走进我的诗句,而我
却一直活在您心
我将归期镌刻于远行足迹
却始终无法拉近
他乡到故土的距离

梦想太沉
超限的命运折磨着单薄身躯
北来山风太硬,您将背驼成图腾
活成儿女的守护神
可是父亲,夕阳在窗棂斑驳
尘缘如数逐渐散去
流浪青鸟始终不懂皈依

今夜您朝南的窗台
如若有从东归来的飞鸟
您要让心平静,细数写满思念的
羽翼。然而,父亲
此刻黔东大地,浓雾正
缓缓升起——

痛仰

庄园颓废。午醒
满朝文武隐退命外
意象蜷在蛐蛐洞里打盹
山洪来袭,人间一片静默
泥沙试图拴住日月
布谷拉响警报,猎枪流放

故土渐行渐远
信仰便风雨飘零
拥挤尘世文字苟延残喘
名利在生活的锅中煮得滚沸
暴雨排山倒海,诗人在宿命里
逃亡——

痛乡

走过高原时夜色正浓
牛羊在栅栏温驯咀嚼牧人施舍
黎明来不及被叫醒,雪霜便绽满一季
鸡鸣迷途于轮回

一生和梦有缘,少不更事做官梦
长大成人,做白日梦
傲慢在无数梦里反复穿插
脸被现实打肿

史书无疑是宿命帮凶,醉酒后
在竹简反复哼唱长安小调
南飞孤雁莅临李府朱门那年
沿着河流,我从陇西缓缓流出

背着姓氏流浪的日子，风沙吞噬乡音
族谱里先人们无所事事，有的写诗
有的批阅奏折，有的被流放
命运太沉，驮马就此浪迹天涯

转南向西，翰墨在血管里沸腾
有关前世线索只得一字。雷声惊醒
衔接今生的梦，梦里帅旗上
李字迎风凛凛，黄沙赶着胡马逃离中原

煤油灯的梦

竹叶与夜风对弈时,村庄
枕着狗吠睡去。一定有某种召唤
沿着灯芯脉络,少年不识愁
反复探索颜如玉和黄金屋的秘密
木墙太过单薄,月色轻易穿透

宿命比远方还远
父亲的鼾声同山路一起曲折
鹰便成为崇拜。笔尖淌出的画卷
装满城市鲜花、掌声、女人,和
祖辈的血——

祭龙舟

吃过药的舟和浆青筋暴起
号子与命运疯狂较劲，尘世萧然
可独醒但不必说穿刀光剑影
两千三百年前，雨水疯长
山河失声——

难道如箭般就可追赶历史？
其实天意已悄然潜伏，汨罗江
呻吟那夜，屈子终究未跨过岸
史书被文字篡改，未尝得知
呐喊、悲怜是否与其宿醉

临风而立就要诗兴大发？
无须顾影自怜吟唱落花流水
喜忧都是犯罪。可以是一条鱼
在汨罗江底，翻晒骨头和诗句
同《离骚》暧昧，与《楚辞》缠绵

悲伤就一定要潸然?
枪和剑就在你的手里,抓一把
枯草为发,捡一张面具为皮
五谷登丰或饥殍遍地,国泰民安
或烽火连城

祭奠就必须痛哭?
罪恶终究越不过命运的门
你只是脉络里的暴徒,左手
杀死自己,右手杀死另一个自己
误把他乡当归属,心却像
天空那么深沉

身世

村庄睡去，夜色踩着蛙声
诵经者挥霍虔诚。月光跌落异乡
血液肆意种植有罪愁绪

车鸣马嘶从银白指缝涌来
城池背叛咒语
逃亡的诗人在命里彷徨

鱼虾用京腔吟唱诗词歌赋
跃不出的掌纹，命运瘦削成谜
飘零身世便是悬案

陇西的阴风以神之名
在李府疯狂掠夺。凌迟后
唯余绞架和不化的硬骨

故乡

原谅我的浅薄
无法用三句话敷衍
笔尖墨汁已干,一如
老屋素影

每当风过
朝西阳台安魂曲又响起
漂泊途中,无数的
梦——

桥城北望

异乡人,野马,无尽苍穹
西行余辉蹒跚在瓦檐
黄昏,一场雨煮沸秋味

时光锈在犁铧,慢慢爬出
石桥——枯藤——昏鸦
窖藏的岁月,深秋的两行泪

再过九龙寺

风一直在,花依旧谢开
什么样的雪败给了月
俗世太短,有人用刀砍,说乱如麻
有人青灯烧,说假亦真

世人一度虔诚于执迷的爱恨情仇
如这皈依的山门,乐此不疲
甄别生人熟客

然而此刻,我说的风不是风
雪不是雪。是镜花,是水月
是一切亦真亦假的
空与色

流浪

蚂蚁在墙角搬数未知命运
树在风中号啕
江水早已学会喜悲无形

天空忧郁，雨水便流落人间
归鸟回巢时
一盏灯弄丢了家的方向

命运

蝉鸣谢幕,黄昏原野狗尾巴草静默
清风,背篼,滑过母亲额头的汗滴

河流失语,锄与泥的对抗中
谷雨,芒种,寒露,小寒。缓缓流出

"儿啊,你要在起风时沿着那条河
一直走去,不要回头。"

渴望

滚动的暗涌,星光依然鲜活
无法诉说却不愿沉默,是古老王城
悠长的祝祷。梵音自梦流过
暮雪,青灯。落日坠入寥远孤烟
山河与四季,斑斓、混沌

无法猜透秘密,藏匿的贫瘠
鸠摩罗什诵经里光阴缓流的远乡
祈祷从荒芜开到荼蘼。蛰居抑或流浪
丹霞同荒原潜入暮色。龟兹
月华新妆,阑珊处诗句悬挂眉上

无所谓狂风,饮酌迷惘
饱经沧桑后夕阳西沉时结对的白杨
留不住芬芳的凡尘俗子对晨曦里
那绚烂流光,依然不动声色
渴——望——

一场雨

向晚。云被心事堵了起来
解封的禁地热浪在血液撒野
有人踩着夜风蹒跚

回嚼年轻岁月,黄昏巷末
相逢和别离,潮湿
回忆里尽皆苍白

一场雨将街衢写满诗篇
夜风强吻过,水珠都是思念
陌生城市,深夜——

离别

譬如初见。不痛不痒
春风穿门而入时百花迅速占领整个季节
不解风情的浪子
自此,每日在你的音符里辗转

我们谈到未来
似乎皆是伤感与不安
世间每天有那么多遗憾
在午夜,用支离的骨头诀别

可是莺歌燕语假得就如这返寒春天
如你转身时强装的决绝
如你不曾看过的信件,如这天气
无一句真言

葬礼

吃定了生死和悲喜
唢呐与牛皮鼓互擂之夜
儿孙虔诚叩跪。镜中
悯怜恐慌，虚无的缥缈里
笃信轮回

晨雾爬上山腰时秋色渐露
吟诵的孝歌里，新坟上
白纸看不出哀乐。墓碑记载：
××，生于××年××月××日
殁于××年××月××日

终点

从天山南麓出发,碾碎的
煦阳和慢时光,苍沙垒堆如门
炽热土地凝绝滚烫的油河
唢呐自故城来

穿过石峁门墩,月亮
敷烤着尘烟。大地聆听佛偈
我们深知,未到过的巴音布鲁克
也一定不是终点

你看,那些游离的骚动
自由而迷失的云,与宿命
言和的风——

乡愁

在异乡入梦,是梦里唯一诗篇
撕下一片月色,用清风书写
您的满头白发含辛茹苦
写您深种皱纹的牵挂

异乡没有好酒和堆叠的意向
往事在蛙声里渐行渐远
风从回忆来,故园满地落叶
不知,翻阅诗篇的月亮
此刻有多忧郁——

跟斗

试图回归,沿着秋
从老杏树棱角直至丰满果肉
重逢在儿时小院

肯定还有一场雪
一只迷路的鸟隐于竹林
肯定还有母亲焦急的呼唤
比雪洁净的梦

公鸡正在三十年前打鸣
广播始终播着时代强音
一个跟斗,把路摔得很疼

失眠

你总失眠，骄傲地与黑夜对峙
用回忆为消失的村庄拍照

前世命里，瓦房，牛圈
麦穗，牧笛，鸡鸣
你沙场点兵，征战四方

黑夜到白天的距离
扯得像三十年一样长
一头归牛整整走了半轮甲子

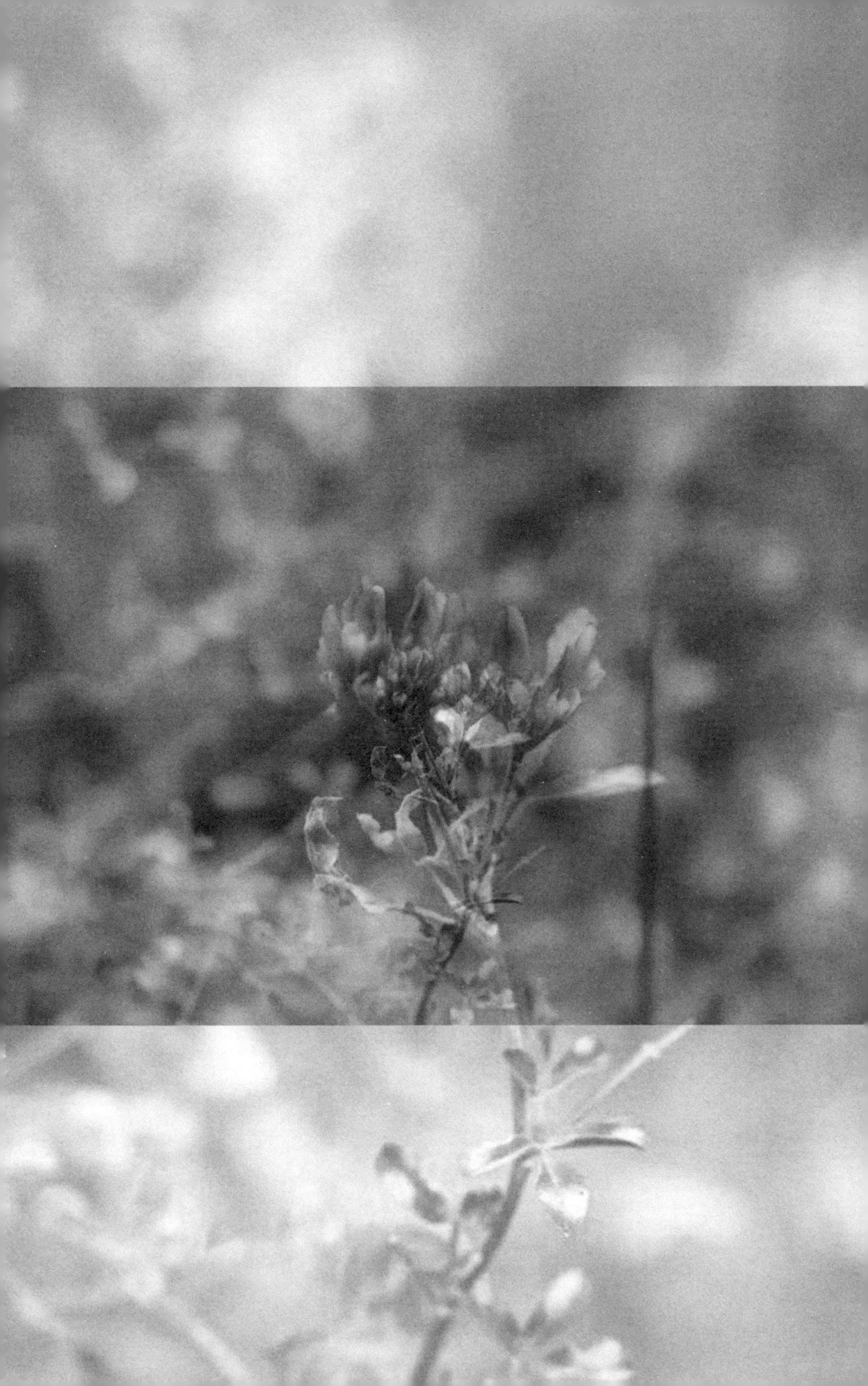

乡音

常用汉字在行间标注外语
甚至不常说普通话
总以乡音,与月对饮

高粱在酒香中泛着波浪
故乡是沉重得无法完成的诗句
背着思念,流浪

南下北上,与陌生的灯火亲密
与冰凉的高楼为伴
可它们总无法喊出你的乳名

失踪的故乡

原野退去,视线之外河流佝偻腰身
乡村酣睡,贝多芬在《命运》里悲愤
意向还未全面发育,脊梁便被戳上烙印

霓虹,车流。现代文明在潮流里赶场
高楼继续炫耀着
山林抑制的土地。月色阴暗处
逃不离铁轨的火车在呻吟

虔诚

时光终会老去。从老叟白发
理发匠手心。哀乐飘过的雪夜
梳了一生的梳子,终究
理不顺命运的纹理

一阵风过,灵灯在风中挣扎
经书所渡,落寞推剪满头荒草丛生
胡须跟尸体比儿孙虔诚
比窗外落雪,更苍白

结拜

城市羽翼丰满
日升月落退缩到季节子宫
权利、贫苦,义结金兰
手舞足蹈地穿梭在
钢筋水泥的阴森

在没有光的日子
无月之夜他们无数次立誓
虽不同生,但求同死

失乡

将诗句开膛破肚
寻找一幅名叫故乡的画卷
原野,高楼和烟囱入侵
灯红酒绿蹂躏了家园
庄稼和牛羊,杳无音信

十字街头
《春天的故事》被小资
唱得酣畅淋漓,流浪汉说
不是没有抒写故乡的诗人
诗人已没了故乡

迷茫

从未出现在任何典籍
每当雨至,思念
便在撕裂的夜空缓缓淌出

牧童与老牛在回忆远去
城市和离人结伴失眠
在名叫故乡的地方

灯光总读不透陌生的迷茫
尘世嘲笑我,不是游子
也不是归人

人间

不敢吟诵
拥挤草木凑不成一行诗句
横行阴郁里不是没有离愁别绪
雏花与黑夜的对垒
步履太沉。如生,如活

往事在时代角落战栗
摇晃时空。火山,台风,洪水
在自然面前忘掉身份
无非进退,短住或久居

然而无论阴晴、早晚
总有一路公交等你,总有
一个航班,将你带走

蛰伏

整个季节都在蛰伏。风过时
战栗的城市落叶大把大把飘飞
你踱过机场扶梯,所有光
顿时黯然。隐入夜色的古井
苏醒而蠢蠢的血液

南方潮湿公路,车灯在迷雾里
追逐幸福,成谶往事无论牢记,还是遗忘
设定方向终是未知的永远
无法假设的生活,正如
沿途随意切换的歌谣

从一个城市到另一个城市
不能提前安排的比生活遥远
无须伤怀，寒夜不会无尽
必定也会舞蹈——歌唱——
你说起北方的冬天

此刻，一片雪花在子夜准时落下
果断得如你对爱的坚决

白云山

在白云山就要留恋一片云？
你只是一枚失声的音符
前世与今生始终对弈
不能进入身体的，只是
你那漂泊游荡的灵魂

你是波涛里的浮萍
繁华里寻不见一条归家之路
颠沛流离始终在血液轮回
你又是一页被生活剥离了旋律的
乐谱，它蹂躏你

迷路的和弦鲜血淋漓
风路过时骨头打回原形
你带不走一道风景。与草木
言和吧，在寒暄中悄然离去
如你名字般，轻微

黄鹤楼

我以为可以平静
如三月的风来去无痕
孤帆远影又或芳草萋萋
时光隐晦而阴郁,天空太沉
汉阳树轻易就刺穿命运
一半人间,一半天庭

鹦鹉洲头烟雨疯狂滋生
江水瘦削,晾晒着屈指故事
一些情节在特定坐标缓缓闪现
在唐朝,一个人送一个人远行
痛饮从长安撕下的月色
用扁舟描写失所流离

有人追究黄鹤去向时弄丢故土
舟楫马蹄间去和留异常纠缠
波光缥缈着未知,在一座楼前
把单薄的时光装进行囊,把自己
藏进诗句,虚伪得
不露痕迹——

临风而啸

没听过枪响炮鸣,硝烟,战火
生来幸运,未曾与血纠缠
鲜花掌声和功利,是天意
是命运,是得天独厚和无可厚非

岁月静好,歌舞升平?
飓风一直在东,暗潮一直在西
你始终假寐,放任噪声
从鼻尖到喉咙,宿命往左
脚步向右。半醒间做一个梦
画一幅图

争端从未在史书中消亡
蝼蚁在滋长纠纷的时光结群
秃鹰在命外歃血为盟。风雨醒来
南昌城头你临风而啸
长发纷飞如箭,天地尽收眼底
指点江山谈笑风生,九十年前
那声枪响,在你骨头里
拼命外迸——

桥城往事（组诗）

石板街

你走过巷口，九月黄昏
漫过的风漂浮不定

停下来读一片云，读你
丰腴的身影

金海岸

雨落。檐下残败花穗
民谣酒馆外你同青春谈判

每当聊到爱情，却哭得
比流浪歌手更伤心

龙潭口

我们调情,在被抹去的地名
玻璃上坐标和命运模糊

透过雾气远山迢迢
高潮时,火车鸣响离站汽笛

大桥头

人间皆梦。你说晨曦里
洒满桂子花香的潮湿街衢

行人在宿命里匆匆,我在
忙碌人间闲饮一杯苦酒

杉木湖

俯身的野花,两尾流浪鱼
如镜湖面,镜中满缠忧伤的发带

灯火边缘落雨暗角,回首时
深邃夜空,比故乡更远

螺蛳壳

爱本如此。你说脱缰般高耸
又或疯狂滋生自由摇曳的草木

秋日回嚼往事的晌午,转身
轮回比风车旋转得,更加决绝

新都汇

你在烟熏里讲一个故事
围猎，孤岛，入侵的河流

对岸霓虹下，一些未亡人
在酒杯里守着新的坟墓

云宫桥

终于，我们站在了两端
悲鸣河流蜷卷着渐行渐远

两个迷路词语，在名叫
命运的书里，时进时出

以诗对话乡愁与梦想

——李昕诗集《南城以北》评论

高莉

一、深巷中的诗人：对抗与和谐的表达

李昕，80后原创音乐人，穿青人。他出生于贵州高原诗乡——纳雍。受那座充满浓郁乡土气息的诗乡小城滋养，李昕天生骨子里就有着对诗歌独特的感受和理解。于李昕而言，诗歌不是他的孩子，却胜似他的孩子，似乎他的每一个细胞都与诗歌有着不可割舍的血缘关系。

正因李昕受生他养他的那一寸山水打磨，正因他对诗歌无法言说的情感，李昕对"诗人"二字有不同于别人的理解："读一万卷书，走一万里路／是先人的事。为官，发财／是别人的事。只守一条深巷／藏掖一缕清风斜阳／用十指搅拌文字"（《诗人》）。在李昕的认知里，并非如唐宋时期那些"学而优则仕"的官人才配得上"诗人"的称呼，他也不羡慕那些把自己置身于"赶考""求财"潮流中的主流人群。他认为向外求得的"光环"要么是先人的事，要么是别人的事。

他眼里的诗人，仅仅只是守着深巷，于清风斜阳相伴，用每一个指尖安静地抚摸文字。无关钱财，无关权势，向内求"和"，如此而已。这里的"深巷"代表诗人的梦想，虽然巷子很深，看不到头，就如梦想在遥远的未来一样，但诗人笔下的"文字"代指诗歌，是诗人通往未来梦想的通道。因而，在李昕心里，他不止把情感交给了诗歌，他还把他的梦想也交给了诗歌。也许，在快餐式生活的当下，绝大多数人都会把李昕不求名利的诗性解读归属为"非主流"，但李昕从来都不以为意，他只醉心于对内心平静、自由的追求。

李昕的生命观照在他的笔下总是能呼之欲出，他的"诗人"国度如陶渊明《归园田居》一样，勾勒了一个宁静的田园世界，没有尘世的纷扰和喧嚣，只有大自然的宁静和和谐。虽然李昕内心渴望宁静的诗意，但肉身却在现实生活的压制下艰难匍匐前进，甚至喘不过气。所以，"有时,也想同自己下一盘棋／扮成一枚过河卒子，一刀／干掉自己"（《诗人》）。李昕写出了"本我"与"自我"的冲突、灵魂与肉身的矛盾、现实与梦想的对抗，造成强烈的感觉冲击，极致拉扯。也许，正是因为李昕自身具备矛盾、对抗等品质，他的诗歌才越发深邃及耐人寻味。

李昕选择以自我了结的方式精审经历的一切。看似追求宁静，李昕却不乏先锋性，自己敢于拿自己开刀，其实就是一种冲锋在前的宽阔。作为原创音乐人,他无法摆脱世俗世界赋予音乐的功用性,音乐虽是他的爱好,但也是他的饭碗。他原创的歌曲如他的诗歌一样,是"非主流"。他的原创歌曲追求的纯粹快意江湖及真诚的世事沧桑被打上了"小众"的标签,他没有在这个物欲横流的社会里投其所好,没有用大众口味的音乐去迎合大众,而是坚持原创、坚持民谣,坚守内心的那一方净土。

在生活与梦想的矛盾冲突下,李昕试图逃离:"梦做的午饭。年轮碾过风尘/飞鸟和月迷失家园/命运里饮马,试图/沿血管逃离"(《诗人》)。很显然,李昕的"逃离"并非消极的逃避,而是对自我内心的深度思考,是对人生的反思和对未来的规划。只有在这种"逃离"的反思下,才能够明确自己的价值观和生命意义所在。因此,"逃离"的反思对于一个人的灵魂成长和精神追求至关重要。而对于诗人来说,更为重要。诗人需要借助"逃离"后的反思,挖掘出内心深处那些最真实、最深刻的情感。

二、北方以北:诗人的远方与精神家园

诗集虽为《南城以北》,但却没有任何一首诗歌的题目关于北方,反而却有两首特地强调南方的诗歌:《南城以北》《南方雨》。李昕出生在南方,"习惯。北方

之外皆为南"(《南城以北》)，他的诗歌里毫不遮掩对南方的依恋。他的南方，就是他的故乡，是他生活的家园。

诗人运用通感手法，将视觉、听觉、触觉等多种感官结合在一起，使得读者能够更加深入地感受到自然的美妙与神奇："三月的风凛冽，桃蕾仍于午夜／悄然打开花心的深幽／天气预报播报南方有雨时／一万只虫子正在体温里苏醒／"(《南方雨》)。同时，诗人还通过运用跨行、交错等技巧，打破了诗歌的线性结构，使得诗歌更具张力和表现力："然而，夜色一定是帮凶／放任沸腾的血／窥探你尘封已久的秘密"(《南方雨》)。

除此以外，不能忽视的是，诗人的写作风格总是将传统与现代结合，使诗歌具有时代感和现代性："月色沉醉。迷雾散去时桃花／仍未落英缤纷／三月的夜还在体温里残喘／芳草在将退未退的潮水／凌乱成迷。翻过的高山／探过的深谷，铁定成为远方"(《归宿》)。纵观李昕的所有诗歌，基本具有传统文化的底蕴，同时也具有现代诗歌的特质。他常试图从传统的生活家园中抓出景物或人和事，并将它们通通置身于现代生活里，以此呈现出让读者探寻的人生课题。他一直在传统与现代之间寻寻觅觅，如他在南方与北方之间反复彷徨一样。凭着这种反复来回的寻觅，他不断书写出属于自己的独特的诗歌代码。

李昕的北方，则与南方背道而驰，永不相交。他对北方的定义也同理，南方以北都是李昕的北方，"有人站在对面／被称作南的北方之外"（《南城以北》）。北方以北，则在离南方更远的地方，那是诗人想仗剑天涯的远方，代表了李昕超越"自我"的灵魂归属，那是李昕的精神家园。"北行的绿皮火车／谜一样的远方／未知终点——"（《南城以北》）。北方以北虽远，虽然未知，但李昕从未放慢勇往直前的脚步，因而才有了《南城以北》。

　　他的诗，不干瘪，形象性强，"高楼""烟囱""灯红酒绿""庄稼""牛羊"等形成对比的生活元素的诗意集成，与个人内在情感的有机互通，凸显诗人对现世的担当与思索。所以，他接下来写道："十字街头／《春天的故事》被小资／唱得酣畅淋漓，流浪汉说／不是没有抒写故乡的诗人／诗人已没了故乡"（《失乡》）。看似自然的转换，却具有强力的思考意识，诗句背后预留的意味空间，注重语言的灵活性和深度思考的能力，以确保诗意在外延与内涵两方面都能得到充分的展现。